Häuptling Seattles Rede
Chief Seattle's Vision

W0404859

Chief Seattle

How Can One Sell the Air?

Editors:
Eli Gifford and R. Michael Cook

Lamuv Verlag, Göttingen (Germany)

Häuptling Seattles Rede

Wie kann man den Himmel verkaufen?

herausgegeben von
Eli Gifford und R. Michael Cook

Aus dem Englischen
von Cordula Kolarik und Klaus Sticker

Lamuv Taschenbuch 202

Originaltitel:
How Can One Sell the Air?
Chief Seattle's Vision

Bitte fordern Sie unser kostenloses Gesamtverzeichnis an:
Lamuv Verlag, Postfach 26 05, D-37016 Göttingen
www.lamuv.de

04 05 06 07 8 7 6 5 4 3

© Copyright 1992 by The Book Publishing Company,
Summertown, TN (USA)

Wir danken Ted Perry und den Erben von William Arrowsmith für die Genehmigung zum Abdruck ihrer Fassungen der Rede von Häuptling Seattle, ebenso dem Suquamish Tribal Photographic Archives für die Abdruckgenehmigung des Fotos von Häuptling Seattle. Ted Perry und die Erben von William Arrowsmith haben ihren Teil des Honorars den Suquamish gespendet.

© Copyright der deutschsprachigen Ausgabe
Lamuv Verlag GmbH, Göttingen 1996
Alle Rechte vorbehalten

Umschlaggestaltung: Gerhard Steidl
unter Verwendung eines Fotos von Wilfried Schüller
Gesamtherstellung: Steidl, Göttingen
Gedruckt auf Öko 2001 Papier zur ökologischen Buchherstellung
(80 Prozent Altpapier, 20 Prozent Durchforstungsholz aus nachhaltiger Forstwirtschaft, ohne Färbung ohne optische Aufheller)
Printed in Germany
ISBN 3-88977-460-1

Inhalt

Chief Seattle's Speech as recorded by
Dr. Henry Smith
(1854, published 1887) 6

Häuptling Seattles Rede nach Aufzeichnungen
von Dr. Henry Smith (1854, veröffentlicht
1887 - Übersetzung: Klaus Sticker) 7

Historical Information and Background 42

Historische Daten und Hintergründe
(Übersetzung: Klaus Sticker) 43

Ted Perry's Version
(Inspired by Chief Seattle) 56

Ted Perrys Version
(inspiriert von Häuptling Seattle -
Übersetzung: Cordula Kolarik) 57

Adaptation by William Arrowsmith 102

Bearbeitung von William Arrowsmith
(Übersetzung: Klaus Sticker) 103

Bibliography 134

Bibliographie 135

We know that Native Americans have a long history of understanding the relationship between humans and the earth. Chief Seattle's eloquent plea to respect "the Sacred Web of Life" has become an inspiration to many.

But what did Chief Seattle really say? Our research led us to the version the Suquamish elders from Seattle's tribe include in their oral tradition, published in this new edition along with two popular twentieth century adaptations. A section of historical background explains the evolution of the speech and clears up the recent controversy surrounding its authenticity.

It is our hope that this book will accurately present the vision of Chief Seattle and his desire for all people to live in harmony with each other and the earth.

Wir wissen, wie tief es wurzelt, das indianische Verständnis der Beziehungen zwischen Mensch und Natur. Häuptling Seattles redegewandter Aufruf, »das Heilige Netz des Lebens« zu achten, wurde vielen zur Inspiration.

Aber was hat Häuptling Seattle wirklich gesagt? Durch unsere Forschungen stießen wir auf eine Fassung seiner Rede, die von den Stammesältesten von Seattles Suquamish-Volk mündlich überliefert wird und die wir hier zusammen mit zwei populären Adaptionen des 20. Jahrhunderts erstmals veröffentlichen. In einem Abschnitt zum geschichtlichen Hintergrund wird die Entwicklung der verschiedenen Fassungen erläutert und auf die jüngsten Kontroversen um ihre Authentizität eingegangen.

Wir hoffen, damit die Vision Häuptling Seattles und seinen Wunsch nach einem friedlichem Zusammenleben der Menschen im Einklang mit der Natur getreu wiederzugeben.

Yonder Sky
That Has Wept Tears of Passion

Spoken by Chief Seattle and recorded
by Dr. Henry Smith in 1854
Published in the Seattle Sunday Star,
October 29, 1887

Yonder sky that has wept
tears of compassion
on our fathers
for centuries untold,
and which to us,
looks eternal, may change.
Today it is fair,
tomorrow it may be
overcast with clouds.
My words are like stars
that never set.
What Seattle says,
the great chief,
Washington can rely upon,
with as much certainty
as our pale-face brothers
can rely upon
the return of the seasons.

Jener Himmel, der barmherzige Tränen weint

Rede des Häuptlings Seattle, aufgezeichnet von Dr. Henry Smith im Jahre 1854, veröffentlicht im »Seattle Sunday Star« am 29. Oktober 1887

Jener Himmel,
der seit undenklichen Zeiten
barmherzige Tränen
auf unsere Väter weint
und der uns ewig dünkt,
könnte sich wandeln.
Heute noch klar,
könnte er morgen
von Wolken bedeckt sein.
Meine Worte sind wie Sterne,
die niemals untergehen.
Den Worten Seattles
kann der Große Häuptling
Washington vertrauen,
mit ebensolcher Gewißheit,
wie unsere bleichgesichtigen Brüder
auf die Wiederkehr der Jahreszeiten
bauen können.

The son of the white chief says
his father sends us greetings
of friendship
and good will.
This is kind,
for we know
he has little need
of our friendship
in return,
because his people are many.
They are like the grass
that covers the vast prairies,
while my people are few,
and resemble
the scattering trees
of a storm-swept plain.

The great,
and I presume also good,
white chief
sends us word
that he wants to buy our land
but is willing to allow us
to reserve enough
to live on comfortably.
This indeed appears generous,

Der Sohn des weißen Häuptlings sagt,
sein Vater sende uns Grüße
der Freundschaft
und Zeichen seines guten Willens.
Das ist freundlich,
denn wir wissen,
daß er umgekehrt
unserer Freundschaft
kaum bedarf,
denn sein Volk ist zahlreich.
Es ist wie das Gras
der weiten Prärien,
während wir nur wenige zählen
und den vereinzelten Bäumen
in der windgepeitschten Ebene
gleichen.

Der große und,
wie ich annehme,
gute weiße Häuptling
gibt uns Nachricht,
daß er unser Land kaufen,
uns aber genug davon lassen will,
daß wir ein angenehmes Leben
führen können.
Das scheint wirklich großzügig,

for the red man
no longer has rights
that he need respect,
and the offer may be wise, also,
for we are no longer
in need
of a great country.

THERE WAS A TIME
when our people covered the whole land,
as the waves
of a wind-ruffled sea
cover its shell-paved floor.
But that time has
long since passed away
with the greatness of tribes
now almost forgotten.
I will not mourn over our untimely
decay,
nor reproach my pale-face brothers
for hastening it,
for we, too, may have been somewhat to
blame.

When our young men grow angry
at some real or imaginary wrong,

denn der rote Mann
hat keine Rechte mehr,
die jener achten müßte,
und auch klug
scheint das Angebot zu sein,
da wir nicht länger
eines großen Landes bedürfen.

Es gab eine Zeit,
da wir das ganze Land bevölkerten,
wie die Wellen
des windgekräuselten Meeres
über den muschelbesäten Grund rollen.
Doch diese Zeit
ist längst vergangen,
und mit ihr schwand die Größe
nun fast vergessener Stämme.
Ich will unseren vorzeitigen Niedergang
    nicht betrauern,
noch will ich meine bleichgesichtigen
    Brüder tadeln,
daß sie ihn beschleunigt haben,
denn irgendwie tragen auch wir Schuld.

Wenn unsere jungen Männer erzürnen
über tatsächliches oder scheinbares Unrecht

and disfigure their faces
with black paint,
their hearts, also,
are disfigured and turn black,
and then their cruelty
is relentless
and knows no bounds,
and our old men are not able
to restrain them.

But let us hope
that hostilities
between the red-man
and his pale-face brothers
may never return.
We would have everything to lose
and nothing to gain.

True it is, that revenge,
with our young braves,
is considered gain,
even at the cost
of their own lives,
but old men
who stay at home
in times of war,

und ihre Gesichter
mit schwarzer Bemalung entstellen,
dann werden auch ihre Herzen
entstellt und schwarz,
und ihre Grausamkeit
ist unerbittlich
und kennt keine Grenzen,
und unsere Alten können
sie nicht mehr zurückhalten.

Aber wir wollen hoffen,
daß die Feindseligkeiten
zwischen dem roten Mann
und seinen bleichgesichtigen Brüdern
nie wieder aufflammen.
Wir hätten alles zu verlieren
und nichts zu gewinnen.

Es ist wahr,
daß für unsere jungen Krieger
die Rache eine Genugtuung ist,
auch wenn sie mit dem Leben
bezahlt werden muß,
aber wir alten Männer,
die in Zeiten des Krieges
daheim bleiben,

and old women,
who have sons to lose,
know better.

Our great father Washington,
for I presume
he is now our father as well as yours,
since George has moved
his boundaries to the north;
our great and good father,
I say, sends us word
by his son,
who, no doubt, is
a great chief among his people,
that if we do as he desires,
he will protect us.
His brave armies will be to us
a bristling wall of strength,
and his great ships of war
will fill our harbors
so that our ancient enemies
far to the northward,
the Simsiams and Hydas
will no longer frighten
our women and old men.
Then he will be

und die alten Frauen,
die Söhne zu verlieren haben,
wissen es besser.

Unser großer Vater Washington
- denn ich nehme an,
er ist nun unser wie euer Vater,
seit George seine Grenzen
nach Norden verlegt hat -,
unser großer und guter Vater
also gibt uns Nachricht
durch seinen Sohn,
der zweifellos unter den Seinen
ein großer Häuptling ist,
daß er uns beschützen wird,
wenn wir seinem Wunsch folgen.
Seine mutigen Heere werden uns
eine waffenstarrende Schutzmauer sein,
und seine großen Kriegsschiffe
werden dicht an dicht
in unseren Häfen liegen,
so daß unsere alten Feinde
hoch im Norden,
die Tsimshians und Haidas,
unseren Frauen und Alten
kein Schrecken mehr sein werden.

our father
and we will be his children.

BUT CAN THIS EVER BE?
Your God loves your people
and hates mine;
he folds his strong arms lovingly
around the white man
and leads him
as a father leads his infant son,
but he has forsaken
his red children;
he makes your people
wax strong every day,
and soon
they will fill the land;
while my people
are ebbing away
like a fast-receding tide,
thet will never flow again.
The white man's God
cannot love his red children
or he would protect them.
They seem to be orphans
and can look nowhere for help.
How can we become brothers?

Dann wird er unser Vater
und wir seine Kinder sein.

Aber kann das jemals sein?
Euer Gott liebt euer Volk
und haßt meines;
er hält den weißen Mann liebevoll
in seinen starken Armen
und leitet ihn wie ein Vater
seinen kleinen Sohn,
doch seine roten Kinder
hat er verlassen;
er läßt euer Volk täglich
kräftig wachsen,
und bald wird es
über das Land fluten,
während mein Volk verebbt
wie eine rasch zurückgehende Tide,
die niemals wieder ansteigt.
Der Gott des weißen Mannes
kann seine roten Kinder
nicht lieben,
sonst würde er sie beschützen.
Sie scheinen Waisen zu sein,
nirgends können sie Hilfe suchen.
Wie können wir da Brüder werden?

How can your father
become our father
and bring us prosperity
and awaken in us
dreams of returning greatness?

Your God seems to us
to be partial.
He came to the white man.
We never saw Him.
We never even heard
His voice:
He gave the white man laws
but He had no word
for His red children
whose teeming millions
filled this vast continent
as the stars fill the firmament.
No, we are
two distinct races
and must ever remain so.
There is little in common between us.
The ashes of our ancestors
are sacred
and their final resting place
is hallowed ground,

Wie kann euer Vater
unser Vater werden
und uns Wohlstand bescheren
und in uns Träume
von neuer Größe wecken?

Euer Gott scheint uns
voreingenommen.
Er erschien dem weißen Mann.
Wir sahen ihn nie.
Wir hörten nicht einmal
seine Stimme:
Dem weißen Mann gab er Gebote,
aber für seine roten Kinder,
mit denen dieser weite Kontinent
übersät war
wie das Firmament von den Sternen,
hatte er kein einziges Wort.
Nein, wir sind
zwei verschiedene Rassen
und müssen es immer bleiben.
Wir haben wenig gemeinsam.
Die Asche unserer Ahnen
ist uns heilig,
ihre letzte Ruhestätte
heiliger Boden,

while you wander away
from the tombs
of your fathers
seemingly without regret.

Your religion
was written on tables of stone
by the iron finger
of an angry God,
lest you might forget it.
The red-man could never
remember
nor comprehend it.

Our religion
is the traditions
of our ancestors,
the dreams
of our old men,
given them by the great Spirit,
and the visions
of our sachems,
and is written
in the hearts of our people.

Your dead cease
to love you

während ihr euch
anscheinend ohne Kummer
von den Gräbern eurer Väter
entfernt.

Eure Religion
schrieb ein zürnender Gott
mit eisernem Finger
auf Steintafeln,
damit ihr sie nicht vergeßt.
Der rote Mann könnte sich nie
an sie erinnern
noch sie verstehen.

Unsere Religion
ist die Überlieferung
unserer Ahnen,
sind die Träume
unserer Alten,
die ihnen der Große Geist gab,
sind die Visionen
unserer Friedenshäuptlinge,
und sie ist geschrieben
in die Herzen unseres Volkes.

Eure Toten lieben euch
und die Stätten ihrer Herkunft

and the homes of their nativity
as soon as they pass
the portals of the tomb.
They wander far off
beyond the stars,
are soon forgotten,
and never return.
Our dead never forget
the beautiful world
that gave them
beeing.
They still love
its winding rivers,
its great mountains
and its sequestered vales,
and they
ever yearn
in tenderest affection
over the lonely hearted living
and often return
to visit
and comfort them.

Day and night cannot
dwell together.
The red man

nicht mehr,
sobald sie ihre Gräber
aufgesucht haben.
Sie wandern weit hinaus
jenseits der Sterne,
sind bald vergessen
und kehren niemals wieder.
Unsere Toten vergessen nie
die schöne Welt,
die ihnen ihr Dasein
beschert hat.
Sie lieben immer noch
die sich schlängelnden Flüsse,
die gewaltigen Berge
und die abgelegenen Täler,
fühlen sich stets
voll Zärtlichkeit
zu den einsamen Lebenden
hingezogen
und kehren oft wieder,
um sie aufzusuchen
und ihnen Trost zu spenden.

Tag und Nacht können nicht
nebeneinander verweilen.
Der rote Mann ist

has ever fled
the approach of the white man,
as the changing mists
on the mountain side
flee before
the blazing morning sun.

However,
your proposition seems a just one,
and I think
my folks will accept it
and will retire
to the reservation
you offer them,
and we will dwell apart
and in peace,
for the words
of the great white chief
seem to be the voice
of nature
speaking to my people
out of the thick darkness
that is fast gathering around them
like a dense fog
floating inward
from a midnight sea.

vor dem nahenden weißen Mann
stets geflohen
wie die an der Bergflanke
wallenden Nebel
vor der glühenden Morgensonne
fliehen.

Wie auch immer,
euer Vorschlag scheint gerecht,
und ich denke,
mein Volk wird ihn annehmen
und sich in die Reservation
zurückziehen,
die ihr ihm anbietet,
und wir werden dort für uns
und friedlich leben,
denn die Worte
des großen weißen Häuptlings
klingen wie die Stimme
der Natur,
die zu meinem Volk spricht
aus schwarzer Nacht,
die uns rasch umhüllt
wie dichter, landeinwärts
ziehender Nebel
von der mitternächtlichen See.

It matters but little
where we pass
the remainder of our days.

THEY ARE NOT MANY.

The Indian's night
promises to be dark.
No bright star
hovers about the horizon.
Sad-voiced winds moan
in the distance.
Some grim Nemsis
of our race
is on the red man's trail,
and wherever
he goes
he will still hear
the sure approaching footsteps
of the fell destroyer
and prepare to meet his doom,
as does the wounded doe
that hears the approaching
footsteps of the hunter.
A few more moons,
a few more winters

Es zählt kaum,
wo wir unsere letzten Tage
verbringen.

Es sind nicht viele.

Die Nacht des Indianers
verspricht schwarz zu werden.
Kein heller Stern
schwebt über dem Horizont.
Von Fern klagt der Wind
mit trauriger Stimme.
Den roten Mann scheint
eine grimmige Vergeltung
seiner Rasse zu ereilen,
und wo immer er sich
auch hinwenden mag,
er wird stets den festen Tritt
des fürchterlichen Verfolgers
hinter sich hören,
wie die verwundete Hirschkuh
die nahenden Schritte
des Jägers hört,
und sich seinem Schicksal fügen.
Noch einige Monde,
noch einige Winter,

and not one
of all the mighty hosts
that once filled
this broad land
or that now roam
in fragmentary bands
through these
vast solitudes
will remain
to weep
over the tombs
of a people
once as powerful
and as hopeful
as your own.

But why should we repine?
Why should I
murmur
at the fate of my people?
Tribes are made up
of individuals
and are no better
than they.
Men come and go
like the waves of the sea.

und nicht einer
aus den mächtigen Scharen,
die einst dieses weite Land
bevölkerten
oder die nun
in gelichteten Reihen
durch die einsamen Weiten
ziehen,
nicht einer von ihnen
wird übrigbleiben,
um an den Gräbern eines Volkes
zu weinen,
das einst so mächtig
und hoffnungsvoll
wie eures war.

Doch warum sollten wir hadern?
Warum sollte ich
über das Schicksal meines Volkes
murren?
Ein Stamm setzt sich
aus einzelnen zusammen
und ist als Ganzes
nicht besser als diese.
Menschen kommen und gehen
wie die Wellen des Meeres.

A tear,
a tamanawus,
a dirge,
and they are gone
from our longing eyes
forever.
Even the white man,
whose God walked
and talked with him,
as friend to friend,
is not exempt
from the common destiny.
We may be
brothers after all.
We shall see.

We will ponder
your proposition,
and when
we have decided
we will tell you.
But should we accept it,
I here and now
make
this first condition:
That we will not be denied

Eine Träne,
ein Tamanawus,
ein Klagegesang,
und sie sind
unserem sehnsuchtsvollen Blick
für immer entschwunden.
Sogar der weiße Mann,
dessen Gott mit ihm gewandelt ist
und mit ihm gesprochen hat,
als Freund zum Freunde,
kann dem Schicksal aller
nicht entrinnen.
Vielleicht sind wir doch
Brüder.
Wir werden sehen.

Wir werden nachdenken
über euren Vorschlag,
und wenn wir uns
entschieden haben,
werdet ihr es erfahren.
Aber sollten wir ihn annehmen,
so mache ich schon
hier und heute
dieses zur ersten Bedingung:
daß uns nicht verwehrt wird,

the privilege,
without molestation,
of visiting at will the graves
of our ancestors and friends.
Every part of this country
is sacred to my people.
Every hill-side, every valley,
every plain and grove
has been hallowed
by some fond memory
or sad experience of my tribe.

EVEN THE ROCKS
that seem to lie dumb
as they swelter in the sun
along the silent seashore
in solemn grandeur
thrill with memories
of past events
connected with
the fate of my people,
and the very dust
under your feet
responds more lovingly
to our footsteps than to yours,
because it is the ashes

auf unseren Wunsch
und ohne belästigt zu werden,
die Gräber unserer Ahnen
und Freunde aufzusuchen.
Jeder Teil dieses Landes
ist meinem Volk heilig.
Jeder Berg, jedes Tal,
jede Ebene, jeder Hain
wird durch eine liebe Erinnerung
oder ein trauriges Erlebnis
meines Stammes geheiligt.

Selbst die Felsen,
die scheinbar stumm
in glühender Hitze
die stille Küste säumen,
feierlich und erhaben,
sogar sie erschauern
vor Erinnerungen
an Vergangenes,
das mit dem Schicksal
meines Volkes verbunden ist,
und selbst der Staub
unter euren Füßen
antwortet unseren Schritten
liebevoller als euren,

of our ancestors,
and our bare feet are conscious
of the sympathetic touch,
for the soil is rich
with the life of our kindred.

The sable braves,
and fond mothers,
and glad-hearted maidens,
and the little children
who lived
and rejoiced here,
and whose very names
are now forgotten,
still love
these solitudes,
and their deep fastnesses at eventide
grow shadowy with
the presence of dusky spirits.
And when the last red man
shall have perished from the earth
and his memory
among white man
shall have become a myth,
these shores
shall swarm

denn es ist die Asche unserer Ahnen,
und unsere bloßen Füße
spüren ihre sanfte Berührung,
denn der Boden ist erfüllt
vom Leben unserer Verwandten.

Die finsteren Krieger,
die liebevollen Mütter
und frohgemuten Jungfrauen,
die kleinen Kinder,
die einst hier lebten
und beglückt waren
und deren Namen
nun vergessen sind,
sie lieben diese Einöden
immer noch,
deren tiefe Abendfarben
in der Gegenwart dunkler Geister
schattengrau werden.
Und wenn der letzte rote Mann
von der Erde verschwunden
und die Erinnerung
des weißen Mannes an ihn
zur Legende geworden ist,
dann werden diese Gestade
übervoll sein

with the invisible dead
of my tribe,
and when your children's children
shall think themselves alone
in the field,
the store, the shop, upon the highway
or in the silence of the woods,
they will not be alone.
In all the earth
there is no place
dedicated
to solitude.
At night,
when the streets
of your cities and villages
shall be silent,
and you think them deserted,
they will throng
with the returning hosts
that once filled and
still love this beautiful land.
The white man
will never be alone.

Let him be just
and deal kindly

von den unsichtbaren Toten
meines Stammes,
und wenn eure Kindeskinder
sich allein wähnen
draußen auf dem Feld,
in den Läden, auf der Straße
oder in der Stille des Waldes,
so werden sie nicht allein sein.
Auf der ganzen Erde
gibt es keinen Ort,
welcher der Einsamkeit
vorbehalten ist.
Des Nachts,
wenn die Straßen
eurer Städte und Dörfer
still daliegen,
und ihr glaubt, sie seien verlassen,
dann wimmeln sie
vor den wiederkehrenden Scharen,
die einst dieses Land bevölkerten
und es immer noch lieben.
Der weiße Mann
wird niemals allein sein.

Möge er gerecht sein
und mein Volk

with my people,
for the dead are not
altogether powerless.

freundlich behandeln,
denn die Toten sind nicht
völlig machtlos.

Historical Information and Background

We know that Native Americans have a long history of understanding the relationship between humans and the earth. It is our hope that this book and the spirit of Chief Seattle will help us all reestablish our ties to the planet.

In recent years there has been much debate about Chief Seattle's speech. The main controversy centers around the authenticity of the version of the speech most popularly attributed to him. Although we may never know exactly what Chief Seattle said, we believe that he was probably as eloquent as subsequent versions of his speech portray him to be.

Seattle (more correctly "Seathl") was the son of a Suquamish chief, Schweabe, whose people lived on the islands across Puget Sound in Washington State. His mother, Scholitza, was the daughter of a Duwamish chief. Because the line of descendants fol-

Historische Daten und Hintergründe

Wir wissen, wie tief die Wurzeln des indianischen Verständnisses der Beziehungen zwischen Mensch und Natur reichen. Es ist unsere Hoffnung, daß dieses Buch und der Geist von Häuptling Seattle uns allen dabei helfen möge, die Beziehung zu unserem Planeten zu erneuern.

In den letzten Jahren ist viel über die Rede von Häuptling Seattle diskutiert worden. Vor allem geht es dabei um die Authentizität jener Fassung der Rede, die meistens mit ihm in Verbindung gebracht wird. Wenngleich sich wohl niemals genau feststellen läßt, was Häuptling Seattle tatsächlich sagte, nehmen wir an, daß er wohl so redegewandt war, wie ihn die späteren Fassungen seiner Ansprache erscheinen lassen.

Seattle (genauer »Seathl«) war der Sohn des Suquamish-Häuptlings Schweabe, dessen Volk die Inseln im Pugetsund im Nordwesten des US-Bundesstaates Washington

lows matrilineally, Seathl was considered Duwamish.

As a young warrior he was renowned for his courage, daring and leadership. While Seathl was a young chief, he gained control of six of the local tribes. Through the years, he continued the friendly relations his father had established with the local whites. By the time Chief Seathl gave his speech he was in his late fifties or early sixties.

Eli Gifford, M. A. Candidate and history teacher, has done an indepth study on the origins of this speech. Along with a number of other researchers, Mr. Gifford has traced the origin and evolution of the speech and writings it has inspired.

According to Gifford, Chief Seathl gave his now-famous speech to Isaac I. Stevens, the new Governor and Commissioner of Indian Affairs for the Washington Territories. Most historians believe the speech was delivered in December 1854, while Stevens was on a preliminary field trip to the various tribes he was planning to force onto reservations.

bewohnte. Seine Mutter Scholitza war die Tochter eines Duwamish-Häuptlings. Da die Erbfolge der mütterlichen Linie folgt, war Seathl ein Duwamish.

Als junger Krieger war er berühmt für seinen Mut, seine Kühnheit und seine Führungseigenschaften. Als junger Häuptling brachte Seathl sechs der in dieser Region verbreiteten Stämme unter seine Herrschaft. Über die Jahre pflegte er die von seinem Vater begründeten freundschaftlichen Beziehungen mit den dort lebenden Weißen. Als Häuptling Seathl seine Rede hielt, war er Ende 50 oder Anfang 60.

Eli Gifford, der als Lehrer und Akademiker mit der amerikanischen Geschichte vertraut ist, hat die Ursprünge dieser Rede eingehend untersucht. Gemeinsam mit einer Reihe von anderen Forschern hat Gifford die Herkunft und Entwicklung der Rede und der von ihr inspirierten Schriften verfolgt.

Nach Gifford hat Häuptling Seathl seine heute berühmte Rede an Isaac I. Stevens, den neuen Gouverneur und für die Washington Territories zuständigen Verwaltungsbeamten für Indianische Angelegenheiten, ge-

One of the people in attendance at the meeting was Dr. Henry Smith, who took extensive notes on Seathl's speech. Dr. Smith had lived in the area for two years and is said to have learned Lushotseed, Seathl's native tongue. Although the Chief may have spoken some English, he most likely delivered his speech in Lushotseed. From Lushotseed it was probably translated to Chinnok jargon (a trade language of about 300 words). It was then translated into English. Smith realized that this process greatly simplified Seathl's message. According to Suquamish oral tradition, Dr. Smith then spent several years visiting Seathl discussing the content of his speech so that Smith's notes conveyed the chief's true meaning.

The first printed version of the speech was written by Dr. Smith and appeared in the October 29, 1887 edition of the *Seattle Morning Star* in an article entitled "Early Reminiscences - Scraps from a Diary." This speech, reprinted on pages 8–40, presents Seathl's message in a very flowery Victorian style, more typical of Smith's background than Seathl's. After consultation with the elders of their

richtet. Die meisten Historiker sind der Auffassung, daß die Rede im Dezember 1854 gehalten wurde, als Stevens sich auf einer vorbereitenden Exkursion zu jenen Stämmen befand, die er in Reservationen zu zwingen beabsichtigte.

Einer, der diesem Treffen beiwohnte, war Dr. Henry Smith, der sich ausführliche Notizen von der Rede Seathls machte. Smith hatte zwei Jahre in der Gegend gelebt, und es heißt, er habe Lushotseed, die Muttersprache Seathls, erlernt. Obwohl der Häuptling etwas Englisch gesprochen haben mag, hat er seine Rede höchstwahrscheinlich in seiner Stammessprache gehalten. Aus dem Lushotseed wurde sie vermutlich in das Chinook übersetzt (eine Mischsprache von rund 300 Wörtern, derer man sich bediente, wenn Geschäfte abzuwickeln waren). Dann wurde sie ins Englische übertragen. Smith erkannte, daß dieser Prozeß die Botschaft Seathls stark vereinfacht hatte. Gemäß der mündlichen Überlieferung der Suquamish hat Smith dann über Jahre hinweg Seathl immer wieder aufgesucht, um mit ihm über den Inhalt seiner Rede zu sprechen, so daß

tribe in 1982, members of the Suquamish Museum determined Smith's version to be the most accurate account of Seathl's speech.

In the late 1960s, William Arrowsmith, a professor of classical literature at the University of Texas, came across a paragraph of Smith's version of Seathl's speech. He was struck by the similarities between Seathl's words and works by the Greek poet, Pindar. Inspired by his findings, Arrowsmith decided to take Dr. Smith's version of the speech and re-edit it, using the language and phrasing more commonly spoken by regional tribes in Seathl's time. By talking to the traditional elders of these tribes, Arrowsmith was able to develop a sense of the syntax they used. We have included the professor's version on pages 102–132.

The most well-known version of Seathl's speech was written by Ted Perry, a theater arts professor and playwright at the University of Texas and a good friend of Arrowsmith's. This version of the speech can be found on pages 56–100. Perry was under contract to the Southern Baptist's Radio and Television Commission to write several films

Smiths Notizen die eigentliche Bedeutung der Rede wiedergeben.

Die erste gedruckte Fassung der Rede stammt von Smith und erschien am 29. Oktober 1887 im *Seattle Morning Star* in einem mit »Frühe Erinnerungen - Tagebuchaufzeichnungen« überschriebenen Artikel. Diese Rede, hier auf den Seiten 7 bis 41 abgedruckt, kleidet Seathls Aussagen in die blumige Sprache des viktorianischen Zeitalters und offenbart damit eher Smiths Herkunft als die des Häuptlings. Nach Gesprächen mit den Stammesältesten im Jahre 1982 sahen Mitglieder des Suquamish-Museums Smiths Fassung als die genaueste Wiedergabe der Rede von Häuptling Seathl an.

Ende der sechziger Jahre des 20. Jahrhunderts stieß William Arrowsmith, Professor für klassische Literatur an der Universität von Texas, auf einen Abschnitt aus Smiths Fassung von Seathls Rede. Ihn überraschten die Ähnlichkeiten zwischen Seathls Worten und den Werken des griechischen Dichters Pindar. Angeregt durch diese Erkenntnis beschloß Arrowsmith, Smiths Version der Rede zu überarbeiten und dabei die Sprache

on topics of his choosing, including one on the contamination of our planet. In 1970 Perry attended an Earth Day rally at the University of Texas where he heard Arrowsmith read his version of the speech.

With Arrowsmith's permission, Perry used the text as the basis for a new, fictitious speech which served as the narration for a film on pollution and ecology called *Home*. Without notifying Perry, the film's producers revised the text, added phrases referring to God and the line "I am a savage and do not understand." Also, without Perry's knowledge or permission, the film's credits stated that the script was a speech spoken by Chief Seathl and gave no credit or acknowledgement that Perry had, in fact, written it. As a promotion for the movie *Home* the Southern Baptist's Radio and Television Commission sent out 18,000 posters with their version of Perry's script claiming it was a speech given by Chief Seathl.

Environmental Action magazine published the Baptist version in its November 11, 1972 issue. By this time, it was no longer a speech by Chief Seathl but had become a letter he

und die Ausdrucksformen zu verwenden, die zu Seathls Zeit bei den Stämmen dieser Region üblicher waren. Durch Gespräche mit deren Ältesten konnte Arrowsmith ein tieferes Verständnis der von ihnen verwendeten Syntax entwickeln. Wir geben Arrowsmiths Fassung auf den Seiten 103 bis 133 wieder.

Die wohl bekannteste Fassung der Rede von Häuptling Seathl stammt von Ted Perry, einem Drehbuchautor und Theaterwissenschaftler an der Universität von Texas, der mit Arrowsmith eng befreundet war. Seine Fassung der Rede ist auf den Seiten 57 bis 101 abgedruckt. Perry hatte mit der *Southern Baptist's Radio and Television Commission* einen Vertrag für die Drehbücher einiger Filme zu Themen seiner Wahl abgeschlossen, darunter ein Film über Umweltzerstörung. 1970 nahm Perry an einer Versammlung von Umweltschützern an der Universität von Texas teil, wo Arrowsmith seine Fassung der Rede vortrug.

Mit Arrowsmiths Erlaubnis verwendete Perry den Text als Grundlage für eine neue, fiktive Rede, die als Kommentar für einen

sent to President Pierce. However, it was the publication of an article entitled "The Decidedly Unforked Message of Chief Seattle" in the Northwest Airlines Magazin *Passages* that spread the Baptists' version nationally and internationally. The article's sidebar stated the "letter" was an "Adaptation of his [Seathl's] remarks based on an English translation by William Arrowsmith" and made no reference to Perry.

Our intentions in tracing the history of Chief Seathl's speech is to be informative without diminishing the inspiration it has brought to many people.

We are aware that there are many other adaptations of this speech. We hope the versions included in this book are, at least in part, representative of the spirit of Chief Seathl and his desire for all people to live in harmony with each other and the earth.

Film über Umweltverschmutzung und Ökologie mit dem Titel *Home* diente. Ohne Perry davon Kenntnis zu geben, überarbeiteten die Filmproduzenten den Text, nahmen Formulierungen darin auf, die sich auf Gott beziehen, sowie auch die Zeile »Ich bin ein Wilder und verstehe es nicht anders«. Ebenfalls ohne Perrys Kenntnis oder Erlaubnis wurde im Nachspann des Films behauptet, das Manuskript sei eine von Häuptling Seathl gehaltene Rede – daß Perry es verfaßt hatte, wurde an keiner Stelle erwähnt. Als Werbung für den Film *Home* verschickte die *Southern Baptist's Radio and Television Commission* 18 000 Plakate mit ihrer Version von Perrys Manuskript, auf denen behauptet wurde, es handele sich um eine Rede, die Häuptling Seathl gehalten habe.

Das Magazin *Environmental Action* veröffentlichte die Baptisten-Fassung in seiner Ausgabe vom 11. November 1972. Da war sie bereits keine Rede von Häuptling Seathl mehr, sondern ein an US-Präsident Pierce gerichteter Brief. Allerdings sorgte erst die Veröffentlichung eines Artikels mit der Überschrift »Die eindeutig unzweideutige Bot-

Chief Seathl / Häuptling Seattle

schaft von Häuptling Seattle« im Magazin *Passages* der *Northwest Airlines* für die endgültige nationale und internationale Verbreitung der Baptisten-Version. In einer Randbemerkung zu diesem Artikel hieß es, der »Brief« sei eine »Adaption seiner (Seathls) Aussagen, die sich auf die englische Übersetzung von William Arrowsmith« stütze - von Perry war keine Rede.

Wenn wir hier die Geschichte der Rede von Häuptling Seathl verfolgen, möchten wir damit vor allem informieren und keineswegs die Inspiration schmälern, die zahlreiche Menschen darin gefunden haben.

Wir sind uns bewußt, daß es viele andere Adaptionen dieser Rede gibt. Wir hoffen, daß die in diesem Buch enthaltenen Fassungen zumindest ansatzweise etwas von der Haltung Häuptling Seathls und von seinem Wunsch spüren lassen, daß alle Menschen in Frieden miteinander und im Einklang mit der Natur leben mögen.

How Can One Sell the Air?

by Ted Perry
Inspired by Chief Seattle

Every part of this earth
is a sacred to my people.
Every shining pine needle,
every tender shore,
every vapor
in the dark woods,
every clearing, and
every humming insect
are holy
in the memory and
experience of my people.

The sap
which courses through the trees
carries the memories
of the red man.

The white man's dead
forget the country of their birth
when they walk

Wie kann man den Himmel verkaufen?

von Ted Perry
inspiriert von Häuptling Seattle

Jeder Teil dieser Erde
ist meinem Volk heilig.
Jede glänzende Kiefernnadel,
jedes sanfte Ufer,
jeder Dunst
in den dunklen Wäldern,
jede Lichtung und
jedes summende Insekt
ist heilig
in der Erinnerung und
Erfahrung meines Volkes.

Der Saft,
der durch die Bäume fließt,
trägt die Erinnerungen
des roten Mannes mit sich.

Die Toten des weißen Mannes
vergessen das Land ihrer Geburt,
wenn sie zwischen den Sternen

among the stars.
Our dead never forget
this beautiful earth,
for it is the mother
of the red men.
Our dead always love
and remember
the earth's swift rivers,
the silent footsteps of spring,
the sparkling ripples
on the surface of the ponds,
the gaudy colors of the birds.
We are a part of the earth
and it is a part of us.
The perfumed flowers
are our sisters;
the deer, the horse,
the great condor,
these are our brothers.
The rocky crests,
the juices in the meadows,
the body heat of the pony,
and man
all belong
to the same family.

umherziehen.
Unsere Toten vergessen niemals
diese wunderschöne Erde,
denn sie ist die Mutter
des roten Mannes.
Unsere Toten lieben für immer
und vergessen nie
die schnellen Flüsse der Erde,
die leisen Schritte des Frühlings,
die glitzernden Wellen
auf der Oberfläche der Teiche,
die Farbenpracht der Vögel.
Wir sind ein Teil der Erde,
und sie ist ein Teil von uns.
Die duftenden Blumen
sind unsere Schwestern;
das Reh, das Pferd,
der große Kondor
sind unsere Brüder.
Die felsigen Bergrücken,
die saftigen Wiesen,
die Körperwärme des Ponys
und der Mensch
gehören alle
zur selben Familie.

So when the Great Chief
in Washington sends word
that he wishes
to buy our land,
he asks much of us.

What Chief Seattle says,
the Great Chief
in Washington
can count on
as surely
as our white brothers
can count on
the return of the seasons.
My words are like the stars.
They do not set.

Chief Washington
also sends us
words of friendship
and goodwill.
This is kind of him.

So we will consider
your offer
to buy our land.

Wenn also der Große Häuptling
in Washington sagen läßt,
daß er unser Land
zu kaufen wünscht,
dann verlangt er viel von uns.

Was Häuptling Seattle sagt,
darauf kann sich
der Große Häuptling in Washington
verlassen,
so sicher,
wie sich unsere weißen Brüder
auf die Wiederkehr der Jahreszeiten
verlassen können.
Meine Worte sind wie die Sterne.
Sie gehen nicht unter.

Der Häuptling Washington
sendet uns auch
Worte der Freundschaft
und des guten Willens.
Das ist gütig von ihm.

Wir werden also Euer Angebot,
unser Land zu kaufen,
bedenken.

It will not be easy.
This land is sacred to us.
We take our pleasure
in the woods
and the dancing streams.
The water
that moves in the brooks
is not water
but the blood
of our ancestors.
If we sell you
the land,
you must remember
that it is sacred to us,
and forever teach
your children
that it is sacred.
Each ghostly reflection
in the clear water of the lakes
tells of events
and memories
in the life of my people.
The water's gurgle is
the voice of my father's father.
The rivers are our brothers;
they quench our thirst.

Das wird nicht leicht sein.
Dieses Land ist uns heilig.
Wir erfreuen uns
an den Wäldern
und den tanzenden Flüssen.
Das Wasser,
das in den Bächen fließt,
ist kein Wasser,
sondern das Blut
unserer Vorfahren.
Wenn wir Euch
das Land verkaufen,
müßt Ihr daran denken,
daß es uns heilig ist,
und Eure Kinder
immer wieder lehren,
daß es heilig ist.
Jede geisterhafte Spiegelung
im klaren Wasser der Seen
erzählt von Ereignissen
und Erinnerungen
im Leben meines Volkes.
Das Murmeln des Wassers ist
die Stimme des Vaters meines Vaters.
Die Flüsse sind unsere Brüder;
sie stillen unseren Durst.

The rivers, between
the tender arms of their banks,
carry our canoes
where they will.

If we sell our land,
you must remember,
and teach your children,
that the rivers are our brothers,
and yours,
and you must henceforth
give the rivers the kindness
you would give
to any brother.

So Chief Seattle
will consider
the offer
of Chief Washington.
We will consider.
The red man has always
retreated
before the advancing white man,
as the mist
on the mountain slopes
runs before the morning sun.

Zwischen den zärtlichen Armen
ihrer Ufer
tragen die Flüsse unsere Kanus,
wohin sie wollen.

Wenn wir unser Land verkaufen,
müßt ihr daran denken
und Eure Kinder lehren,
daß die Flüsse unsere Brüder sind
und Eure,
und ihr müßt von nun an
den Flüssen die Güte schenken,
die ihr jedem Bruder
schenken würdet.

Der Häuptling Seattle
wird also das Angebot
des Häuptlings Washington
bedenken.
Wir werden nachdenken.
Der rote Mann hat sich immer
vor dem vorrückenden weißen Mann
zurückgezogen,
so wie der Nebel
auf dem Berghang
vor der Morgensonne weicht.

To us the ashes of our fathers
are sacred.
Their graves are holy ground,
and so these hills,
these trees.
This portion of earth is consecrated to us.

The white man
does not understand.
One portion of land
is the same to him
as the next,
for he is a wanderer
who comes in the night
and borrows from the land
whatever he needs.
The earth is not his brother,
but his enemy,
and when he was won
the struggle,
he moves on.
He leaves
his father's graves behind,
and he does not care.
He kidnaps the earth
from his children.

Uns ist die Asche unserer Väter
heilig.
Ihre Gräber sind geweihte Erde,
ebenso wie diese Hügel,
diese Bäume.
Dieses Stück Erde ist uns heilig.

Der weiße Mann
versteht das nicht.
Ein Stück Land
bedeutet ihm gleichviel
wie jedes andere,
denn er ist ein Wanderer,
der in der Nacht kommt
und sich von dem Land nimmt,
was immer er braucht.
Die Erde ist nicht sein Bruder,
sondern sein Feind,
und wenn er den Kampf
gewonnen hat,
zieht er weiter.
Er läßt die Gräber
seiner Väter hinter sich,
und es ist ihm gleichgültig.
Er raubt seinen Kindern
die Erde.

And he does not care.
The father's graves and
the children's birthright
are forgotten by the white man,
who treats his mother the earth
and his brother the sky
as things
to be bought,
plundered,
and sold,
like sheep, bread,
or bright beads.
In this way,
the dogs of appetite
will devour
the rich earth
and leave only
a desert.

The white man
is like a snake
who eats his own tail
in order to live.
And the tail
grows shorter and shorter.
Our ways are different from your ways.

Und es ist ihm gleichgültig.
Die Gräber der Väter und
das Geburtsrecht der Kinder
vergißt der weiße Mann,
der seine Mutter, die Erde,
und seinen Bruder, den Himmel,
wie Dinge behandelt,
die man kauft,
plündert
und verkauft,
wie Schafe, Brot
oder glänzende Perlen.
Auf diese Weise werden
die gierigen Hunde
die reiche Erde
verschlingen
und nur eine Wüste
zurücklassen.

Der weiße Mann ist
wie eine Schlange,
die ihren eigenen Schwanz frißt,
um zu überleben.
Und der Schwanz wird
immer kürzer.
Unsere Art ist anders als Eure.

We do not live well
in your cities,
which seem like
so many black warts
on the face of the earth.
The sight
of the white man's cities
pains the eyes
of the red man
like the sunlight
which stabs the eyes
of one emerging from a dark cave.
There is
no place
in the white man's cities
quiet enough
to hear
the unfurling of leaves
in Spring
or the rustle
of insects' wings.
In the white man's cities,
one is always trying
to outrun
an avalanche.
The clatter only seems

Wir können in Euren Städten,
die wie viele schwarze Warzen
auf dem Angesicht der Erde
erscheinen,
nicht gut leben.
Der Anblick der Städte
des weißen Mannes
schmerzt die Augen
des roten Mannes
wie das Sonnenlicht,
das dem in die Augen sticht,
der aus einer dunklen Höhle kommt.
In den Städten
des weißen Mannes
gibt es keinen Ort,
der still genug ist,
um das Entfalten der Blätter
im Frühling
oder das Schwirren
von Insektenflügeln
zu hören.
In den Städten
des weißen Mannes
versucht man stets
einer Lawine zu entkommen.
Nur der Lärm scheint

to pierce the ears.
But what is there to living
if a man cannot hear
the lonely cry of the thrush
or the arguments
of the frogs around a pond
at night?

But I am a red man
and do not understand.
I prefer the wind
darting over
the face of a pond
and the smell
of the wind itself,
cleansed
by a midday rainshower.
The air is
precious
to the red man,
for all things
share the same breath -
the beasts,
the trees,
and man,
they are all of the same breath.

die Ohren zu durchdringen.
Aber wofür lebt man noch,
wenn ein Mann nicht
den einsamen Ruf der Drossel
oder die Auseinandersetzungen
der Frösche nachts am Teich
hören kann?

Aber ich bin ein roter Mann
und verstehe das nicht.
Ich ziehe den Wind vor,
der über das Gesicht
eines Teiches hinwegfegt,
und den Geruch des Windes selbst,
wenn er
von einem mittäglichen Regenschauer
gereinigt worden ist.
Die Luft ist
für den roten Mann
kostbar,
denn alle Dinge
teilen denselben Atem –
die Tiere,
die Bäume
und der Mensch,
sie sind alle vom selben Atem.

The white man does not mind
the foul air
he breathes.
Like a man
in pain
for many days.
he is numb
to the stench.

But if we sell
our land,
you must remember
that the air is
precious to us,
and our trees, and the beasts.
The wind gives man
his first breath
and receives his last sigh.
And if we sell you
our land,
you will keep it
apart and sacred,
as a place
where even the white man can go
to taste a wind
sweetened by meadow flowers.

Der weiße Mann stört sich nicht
an der verpesteten Luft,
die er einatmet.
Wie ein Mann,
der seit vielen Tagen
unter Schmerzen leidet,
ist er abgestumpft
gegenüber dem Gestank.

Aber wenn wir unser Land
verkaufen,
müßt Ihr daran denken,
daß für uns die Luft
kostbar ist,
auch unsere Bäume und Tiere.
Der Wind gibt dem Menschen
seinen ersten Atemzug
und empfängt seinen letzten Seufzer.
Und wenn wir Euch unser Land
verkaufen,
werdet Ihr es
als einen abgeschiedenen
und heiligen Ort bewahren,
wo auch der weiße Mann hingehen kann,
um einen Wind zu schmecken,
der süß von Wiesenblumen ist.

So we will consider
your offer
to buy our land.
If we decide
to accept,
I will here and now
make one condition:
the white man
must treat the beasts of this land
as his brothers.

I have heard stories
of a thousand rotting buffaloes
on the prairie,
left
by the white men
who shot them
from a passing train.
I do not understand.
For us, the beasts
are our brothers,
and we kill only
to stay alive.
If we sell him
this land,
the white man

Wir werden also Euer Angebot,
unser Land zu kaufen,
bedenken.
Wenn wir uns entschließen,
es anzunehmen,
stelle ich hier und jetzt
eine Bedingung auf:
Der weiße Mann
muß die Tiere seines Landes
als seine Brüder behandeln.

Ich habe Geschichten gehört
von tausend Büffeln,
die auf der Prärie verrotten,
liegengelassen
von den weißen Männern, die sie
von einem vorbeifahrenden Zug aus
erschossen haben.
Ich verstehe das nicht.
Für uns sind die Tiere
unsere Brüder,
und wir töten nur,
um am Leben zu bleiben.
Wenn wir ihm dieses Land
verkaufen,
muß es der weiße Mann

must do the same,
for the animals
are our brothers.
What is man
without the beast?
Even the earthworm
keeps the earth soft
for man to walk upon.
If all the beasts were gone,
men would die
from great loneliness.
For whatever happens
to the beasts,
happens to man
for we are all
of one breath.

We will consider
your offer
to buy our land.
Do not send men
asking us
to decide more quickly.
We
will
decide

uns gleichtun,
denn die Tiere
sind unsere Brüder.
Was ist der Mensch
ohne die Tiere?
Selbst der Regenwurm
hält die Erde weich,
auf der der Mensch geht.
Wenn alle Tiere fort wären,
würde der Mensch
vor lauter Einsamkeit sterben.
Denn was auch immer
den Tieren geschieht,
geschieht dem Menschen,
denn wir sind alle
von einem Atem.

Wir werden Euer Angebot,
unser Land zu kaufen,
bedenken.
Schickt keine Männer,
die uns auffordern,
uns schneller zu entscheiden.
Wir werden uns
für die Entscheidung
soviel Zeit nehmen,

in our time.
Should we
accept,
I here and now make
this condition:
we will never be denied
the right
to walk softly over the graves
of our fathers, mothers,
and friends,
nor may the white man
desecrate these graves.

The graves must always be open
to the sunlight
and the falling rain.
Then the water
will fall gently
upon the green sprouts
and seep slowly down
to moisten the parched lips
of our ancestors
and quench their thirst.

If we sell this land
to you,

wie wir brauchen.
Sollten wir das Angebot
annehmen,
stelle ich hier und jetzt
diese Bedingung auf:
Man wird uns nie
das Recht verweigern,
behutsam über die Gräber
unserer Väter, Mütter und
Freunde zu gehen,
noch darf der weiße Mann
diese Gräber entweihen.

Die Gräber müssen immer
zugänglich für das Sonnenlicht
und den herabfallenden Regen sein.
Dann wird das Wasser sanft
auf die grünen Sprößlinge
herabfallen
und langsam nach unten sickern,
um die ausgetrockneten Lippen
unserer Vorfahren zu befeuchten
und ihren Durst zu stillen.

Wenn wir Euch dieses Land
verkaufen,

I will make now
this condition:
You must teach your children
that the ground beneath their feet
responds more lovingly
to our steps
than to yours,
because it is rich
with the lives of our kin.
Teach your children
what we have taught
our children,
that the earth is our mother.
Whatever befalls the earth,
befalls the sons of the earth.
If men
spit upon the ground,
they spit upon themselves.
This we know.
The earth does not belong
to the white man,
the white man belongs
to the earth.
This we know.
All things
are connected

stelle ich jetzt
diese Bedingung auf:
Ihr müßt Eure Kinder lehren,
daß der Boden unter ihren Füßen
auf unsere Schritte
liebevoller anspricht
als auf Eure,
weil er erfüllt ist
vom Leben unserer Verwandten.
Lehrt Eure Kinder,
was wir unsere Kinder
gelehrt haben,
daß die Erde unsere Mutter ist.
Was immer der Erde widerfährt,
widerfährt den Söhnen der Erde.
Wenn Menschen
auf den Boden spucken,
spucken sie auf sich selbst.
Das wissen wir.
Die Erde gehört nicht
dem weißen Mann,
der weiße Mann gehört
zur Erde.
Das wissen wir.
Alle Dinge sind
miteinander verbunden,

like the blood
which unites our family.
If we kill the snakes,
the field mice
will multiply
and destroy our corn.

All things
are connected.
Whatever befalls the earth,
befalls
the sons and daughters
of the earth.
Man did not
weave
the web of life;
he is merely a strand in it.
Whatever he does to the web,
he does to himself.

No, day and night
cannot live together.
We will consider
your offer.
What is it
that the white man

wie das Blut,
das unsere Familie vereint.
Wenn wir die Schlangen töten,
werden sich die Feldmäuse
vermehren
und unseren Mais vernichten.

Alle Dinge sind
miteinander verbunden.
Was immer der Erde widerfährt,
widerfährt
den Söhnen und Töchtern
der Erde.
Der Mensch hat
das Netz des Lebens
nicht geknüpft;
er ist nur ein Faden darin.
Was auch immer er dem Netz antut,
tut er sich selbst an.

Nein, Tag und Nacht
können nicht zusammenleben.
Wir werden Euer Angebot
bedenken.
Was ist das,
was der weiße Mann

wishes to buy,
my people ask me?
The idea is strange to us.
How can you buy or sell
the sky,
the warmth of the land,
the swiftness of the antelope?
How can we sell
these things to you
and how can you buy them?
Is the earth yours
to do with
as you will,
merely because the red man
signs a peace of paper
and gives it to the white man?
If we do not own
the freshness of the air
and the sparkle of the water,
how can you buy them
from us?
Can you buy back
the buffalo,
once the last one
has died?

zu kaufen wünscht,
fragt mich mein Volk.
Die Vorstellung ist uns fremd.
Wie kann man den Himmel
kaufen oder verkaufen,
die Wärme des Landes,
die Schnelligkeit der Antilope?
Wie können wir Euch
diese Dinge verkaufen,
und wie könnt Ihr sie kaufen?
Gehört die Erde Euch,
und könnt Ihr mit ihr machen,
was Ihr wollt,
nur weil der rote Mann
ein Stück Papier unterschreibt
und dem weißen Mann gibt?
Wenn wir die Frische der Luft
und das Glitzern des Wassers
nicht besitzen,
wie könnt Ihr sie
von uns kaufen?
Könnt ihr den Büffel
zurückkaufen,
wenn der letzte
gestorben ist?

But we will consider
your offer.
In his passing moment
of strength,
the white man thinks
that he is a god
who can treat
his mother
(the earth),
the rivers
(which are his sisters),
and his red brothers,
as he wishes.
But the man
who would buy and sell
his mother,
his brothers, and sisters
would also burn
his children
to keep himself warm.

So we will consider
your offer
to buy our land.
Day and night cannot
live together.

Aber wir werden euer Angebot
bedenken.
Im flüchtigen Augenblick
seiner Stärke
denkt der weiße Mann,
er sei ein Gott,
der seine Mutter,
die Erde,
die Flüsse,
die seine Schwestern sind,
und seine roten Brüder
behandeln kann,
wie er will.
Aber ein Mensch,
der seine Mutter,
seine Brüder und Schwestern
kaufen und verkaufen würde,
würde auch seine Kinder
verbrennen,
um sich selbst warmzuhalten.

Wir werden also euer Angebot,
unser Land zu kaufen,
bedenken.
Tag und Nacht können nicht
zusammen leben.

Your offer seems
fair,
and I think
my people will accept it
and go to the reservation
you have for them.

We will live apart,
and in peace.

Tribes are made of men,
nothing more.
Men come and go,
like the waves of the sea.
The whites too
shall pass;
perhaps sooner
than all other tribes.
Continuing
to contaminate
his own bed,
the white man will
one night
suffocate
in his own filth.

Euer Angebot scheint
angemessen zu sein,
und ich denke,
mein Volk wird es annehmen
und in das Reservat gehen,
das ihr vorgesehen habt.

Wir werden getrennt
und in Frieden leben.

Stämme bestehen aus Menschen,
aus nichts anderem.
Menschen kommen und gehen
wie die Wellen des Meeres.
Auch die Weißen werden
verschwinden,
vielleicht schneller
als alle anderen Stämme.
Wenn er fortfährt,
sein eigenes Bett
zu verunreinigen,
wird der weiße Mann
eines Nachts
an seinem eigenen Schmutz
ersticken.

But in his perishing
the white man will
shine brightly,
fired
by the strength of the god
who brought him
to this land
and for some special purpose
gave him
dominion
over this land.
That destiny is
a mystery to us,
for we do not understand
what living becomes
when the buffalos are all slaughtered,
the wild horses all tamed,
the secret corners
of the forest
are heavy
with the scent of many men,
and the view
of the ripe hills
blotted
by talking wires.
Where is the thicket?

Aber in seinem Untergang
wird der weiße Mann
hell erstrahlen,
erleuchtet
von der Kraft des Gottes,
der ihn in dieses Land
gebracht hat
und ihm
zu irgendeinem besonderen Zweck
die Herrschaft über dieses Land
gegeben hat.
Dieses Geschick ist für uns
ein Rätsel,
denn wir verstehen nicht,
was aus dem Leben wird,
wenn die Büffel abgeschlachtet,
die Wildpferde gezähmt sind,
wenn auf den geheimen Winkeln
des Waldes
der Geruch vieler Menschen
lastet
und die Sicht
auf die blühenden Hügel
von redenden Drähten
entstellt ist.
Wo ist das Dickicht?

Gone.
Where is the eagle?
Gone.
And what is it
to say goodbye
to the swift pony
and the hunt?
The end of living and
the beginning of survival.

The white man's god
gave him dominion
over the beasts,
the woods,
and the red man,
for some special purpose,
but that destiny
is a mystery to the red man.
We might understand
if we knew
what it was that the white man dreams,
what hopes
he describes
to children
on long winter nights,
what visions

Fort.
Wo ist der Adler?
Fort.
Und was bedeutet es,
dem schnellen Pony
und der Jagd
Lebewohl zu sagen?
Das Ende des Lebens und
den Beginn des Überlebens.

Der Gott des weißen Mannes
hat ihm die Herrschaft
über die Tiere,
die Wälder und
den roten Mann gegeben,
zu irgendeinem besonderen Zweck,
aber dieses Geschick ist
für den roten Mann ein Rätsel.
Vielleicht würden wir es
verstehen, wenn wir wüßten,
was der weiße Mann träumt,
welche Hoffnungen
er seinen Kindern
an langen Winterabenden
schildert,
welche Visionen

he burns onto their eyes
so that they will wish
for tomorrow.
The white man's dreams
are hidden from us.
And because they are hidden,
we will go
our own way.

So we will consider
your offer
to buy our land.
If we agree,
it will be
to secure
the reservation
you have promised.
There, perhaps,
we may live out
our brief days
as we wish.
There is little in common between us.

If we sell you
our land,
it will be filled

er in ihre Augen einbrennt,
so daß sie sich auf morgen
freuen.
Die Träume des weißen Mannes
sind uns verborgen.
Und weil sie verborgen sind,
werden wir
unseren eigenen Weg gehen.

Wir werden also Euer Angebot,
unser Land zu kaufen,
bedenken.
Wenn wir es annehmen,
dann aus dem Grund,
weil wir das Reservat,
das Ihr versprochen habt,
sichern wollen.
Dort können wir vielleicht
den Rest unserer Tage
so zubringen,
wie wir es wünschen.
Wir haben wenig gemeinsam.

Wenn wir Euch unser Land
verkaufen,
wird es bevölkert sein

with the bold young men,
the warmbreasted mothers,
the sharp-minded women,
and the little children
who once lived
and were happy here.

Your dead go
to walk
among the stars,
but our dead return
to the earth
they love.
The white man will never
be alone
unless,
in some distant day,
he destroys the mountains,
the trees, the rivers, and the air.
If the earth
should come to that,
and the spirits of our dead,
who love the earth,
no longer wish
to return
and visit their beloved,

von den tapferen jungen Männern,
den warmbrüstigen Müttern,
den scharfsinnigen Frauen
und den kleinen Kindern,
die einst hier lebten
und glücklich waren.

Eure Toten gehen fort,
um zwischen den Sternen
umherzuziehen,
aber unsere Toten kehren zurück
zu der Erde,
die sie lieben.
Der weiße Mann wird nie
alleine sein,
es sei denn,
er zerstört an einem fernen Tag
die Berge, die Bäume,
die Flüsse und die Luft.
Wenn es mit der Erde
so kommen sollte
und die Geister unserer Toten,
welche die Erde lieben,
nicht mehr den Wunsch verspüren,
zurückzukehren und
ihre Lieben zu besuchen,

then
in that noon glare
that pierces the eyes,
the white man
will walk
his desert in great loneliness.

dann wird
im grellen Mittagslicht,
das in den Augen brennt,
der weiße Mann
in großer Einsamkeit
durch seine Wüste ziehen.

My Words Are Like the Stars

Adapted by William Arrowsmith
from Chief Seattle's speech
as recorded by Dr. Henry B. Smith

Brothers: That sky above us
has pitied our fathers
for many hundreds of years.
To us it looks unchanging,
but it may change.
Today it is fair.
Tomorrow it may be
covered with clouds.

My words are like the stars.
They do not set.
What Seattle says,
the great chief Washington
can count on as surely
as our white brothers
can count on the return
of the seasons.

The White Chief's son
says

Meine Worte sind wie die Sterne

Bearbeitung der von Dr. Henry B. Smith aufgezeichneten Rede Häuptling Seattles von William Arrowsmith

Brüder: Der Himmel
hat sich unserer Väter
viele hundert Jahre erbarmt.
Er mutet uns unveränderlich an,
doch er kann sich wandeln.
Heute strahlt er.
Morgen kann er
von Wolken bedeckt sein.

Meine Worte sind wie die Sterne.
Sie gehen niemals unter.
Auf Seattles Worte kann sich
der Große Häuptling Washington
genauso verlassen
wie unsere weißen Brüder
auf die Wiederkehr
der Jahreszeiten.

Der Sohn des Weißen Häuptlings
sagt,

his father sends us
words of friendship
and good will.
This is kind of him,
since we know
he has little need
of our friendship in return.
His people are many,
like the grass that covers the plains.
My people are few,
like the trees scattered
by the storms on the grasslands.

The great
– and good, I believe –
White Chief
sends us word
that he wants to buy our land.
But he will reserve us
enough
so that we can live
comfortably.
This seems generous,
since the red man
no longer has rights
he needs to respect.

sein Vater sende uns
Worte der Freundschaft
und des guten Willens.
Das ist freundlich von ihm,
denn wir wissen,
daß er seinerseits
unsere Freundschaft kaum braucht.
Sein Volk ist zahlreich,
wie das Gras der Prärien.
Mein Volk zählt nur wenige,
wie die vom Sturm
im Grasland ausgesäten Bäume.

Der große
– und gute, wie ich glaube –
Weiße Häuptling
gibt uns Nachricht,
daß er unser Land kaufen möchte.
Aber er will genug davon
für uns vorsehen,
damit wir ein angenehmes Leben
führen können.
Das scheint großzügig,
denn der rote Mann
hat keine Rechte mehr,
die zu achten wären.

It may also bc wise,
since we no longer need
a large country.
Once my people covered this land
like a flood-tide
moving
with the wind
across the shell littered flats.
But that time is gone,
and with it the greatness
of tribes now almost forgotten.

But I will not
mourn
the passing of my people.
Nor do I blame
our white brothers for causing it.
We too were perhaps
partly to blame.
When our young men
grow angry at some wrong,
real or imagined,
they make their faces ugly
with black paint.
Then their hearts too
are ugly and black.

Es mag auch klug sein,
denn wir brauchen
kein großes Land mehr.
Einst haben wir dieses Land
bevölkert, wie Meereswellen
mit dem Wind
über die muschelbesäten Untiefen
spülen.
Aber diese Zeiten sind vorbei
und mit ihr die Größe
der nun fast vergessenen Stämme.

Aber ich will weder
über das Ende meines Volkes
trauern,
noch unseren weißen Brüdern
die Schuld dafür geben.
Vielleicht tragen auch wir
einen Teil der Schuld.
Wenn unsere jungen Männer
über ein Unrecht zornig werden,
sei es wirklich oder vermeintlich,
entstellen sie ihre Gesichter
mit schwarzer Bemalung.
Dann sind auch ihre Herzen
schwarz und häßlich.

They are hard
and their cruelty
knows no limits.
And our old men
cannot restrain them.

Let us hope
that the wars
between the red man
and his white brothers
will never come again.
We would have everything to lose
and nothing to gain.
Young men view revenge as gain,
even when they lose
their own lives.
But the old men
who stay behind in time of war,
mothers
with sons to lose –
kno better.

Our great father Washington –
for he must be our father now
as well as yours,
since George has moved

Sie sind hart,
und ihre Grausamkeit
kennt keine Grenzen.
Und unsere Alten können sie
nicht zurückhalten.

Wir wollen hoffen,
daß die Kriege
zwischen dem roten Mann
und seinen weißen Brüdern
nie wieder aufflammen.
Wir hätten alles zu verlieren
und nichts zu gewinnen.
Für junge Krieger ist Rache
eine Genugtuung, auch wenn
sie ihr Leben dabei verlieren.
Aber die Alten, die
in Kriegszeiten zurückbleiben,
Mütter,
die Söhne zu verlieren haben –
sie wissen es besser.

Unser großer Vater Washington
– denn er muß nun unser
wie euer Vater sein,
seit George seine Grenzen

his boundary northward –
our great and good father
sends word
by his son,
who is surely a great chief
among his people,
that he will protect us
if we do what he wants.
His brave soldiers
will be a strong wall
for my people,
and his great warships
will fill
our harbors.
Then our ancient enemies
to the north
– the Hadias and Tsimshians –
will no longer frighten
our women and old men.
Then he will be our father
and we will be his children.

But can that ever be?
Your God loves your people
and hates mine.
He puts his strong arm

nach Norden verlegt hat –,
unser großer und guter Vater
gibt uns Nachricht
durch seinen Sohn,
der unter den Seinen
gewiß ein großer Häuptling ist,
daß er uns beschützen will,
wenn wir tun, was er will.
Seine tapferen Soldaten
werden meinem Volk
eine Schutzmauer sein,
unsere Häfen
werden voll von
seinen großen Kriegsschiffen sein.
Dann werden unsere alten Feinde
im Norden
– die Haidas und Tsimshians –
unsere Frauen und Alten
nicht mehr ängstigen.
Dann wird er unser Vater,
wir seine Kinder sein.

Aber kann das jemals sein?
Euer Gott liebt euer Volk
und haßt meines.
Er schließt den weißen Mann

around the white man
and leads him by the hand,
as a father
leads his little boy.
He has abandoned
his red children.
He makes your people
stronger every day.
Soon they will flood
all the land.
But my people are
an ebb tide,
we never return.
No, the white man's God
cannot love
his red children
or he would protect them.
Now we ar orphans.
There is no one
to help us.

So how can we be brothers?
How can your father
be our father,
and make us prosper
and send us dreams

in seine starken Arme
und führt ihn an der Hand,
wie ein Vater
seinen kleinen Jungen führt.
Seine roten Kinder
hat er verlassen.
Er läßt euer Volk täglich
stärker werden.
Bald wird es das ganze Land
überschwemmen.
Aber mein Volk ist
wie die Ebbe,
wir werden nicht wiederkehren.
Nein, der Gott des weißen Mannes
kann seine roten Kinder
nicht lieben,
er würde sie sonst beschützen.
Wir sind nun Waisen.
Es gibt niemanden,
der uns helfen kann.

Wie können wir also Brüder sein?
Wie kann euer Vater
unser Vater sein,
uns gedeihen lassen
und uns Träume

of future greatness?
Your God is prejudiced.
He came to the white man.
We never saw him,
never even
heard his voice.
He gave the white man laws,
but he had no word
for his red children
whose numbers once filled
this land
as the stars filled the sky.

No,
we are two separate races,
and we must stay separate.
There is little in common between us.

To us the ashes of our fathers
are sacred.
Their graves are holy ground.
But you are wanderers,
you leave your fathers' graves
behind you,
and you do not care.

von künftiger Größe senden?
Euer Gott ist voreingenommen.
Zum weißen Mann kam er.
Wir haben ihn nie gesehen,
nicht einmal
seine Stimme vernommen.
Er gab dem weißen Mann Gebote,
aber für seine roten Kinder,
die einst dieses Land bevölkerten
so zahlreich
wie die Sterne am Himmel,
hatte er kein Wort übrig.

Nein,
wir sind verschiedene Rassen,
und wir müssen es bleiben.
Wir haben wenig gemeinsam.

Uns ist die Asche unserer Väter
heilig.
Ihre Gräber sind heiliger Boden.
Ihr aber seid Streuner,
ihr laßt die Gräber eurer Väter
zurück
und denkt nur an euch selbst.

Your religion was written
on tables of stone
by the iron finger
of an angry God,
so you would not forget it.
The red man
could never understand it
or remember it.
Our religion is
the ways of our forefathers,
the dreams of our old men,
sent them by the Great Spirit,
and visions
of our sachems.
And it is written
in the hearts of our people.

Your dead forget you
and the country of their birth
as soon as they go beyond
the grave and walk among the stars.
They are quickly forgotten
and they never return.

Our dead never forget
this beautiful earth.

Eure Religion ritzte
der eiserne Finger
eines zornigen Gottes
in Steintafeln,
damit ihr sie nicht vergeßt.
Der rote Mann
könnte sie nie verstehen
oder behalten.
Unsere Religion, das sind
die Bräuche unserer Vorväter,
die Träume unserer Alten,
die ihnen der Große Geist gesandt hat,
und die Visionen
unserer Friedenshäuptlinge.
Und sie ist in die Herzen
unseres Volkes geschrieben.

Eure Toten vergessen euch
und das Land ihrer Geburt,
sobald sie ins Jenseits treten
und unter den Sternen wandeln.
Sie sind rasch vergessen
und kehren nicht wieder.

Unsere Toten vergessen nie
diese schöne Erde.

It is their mother.
They always love and remember
her rivers,
her great mountains,
her valleys.
They long
for the living,
who are lonely, too,
and who long for the dead.
And their spirits often
return
to visit and console us.

Day and night cannot
dwell together.
The red man has ever fled
the approach
of the white man,
as the changing mists
on the mountain side flee
before the blazing morning sun.

No,
day and night cannot
live together.

Sie ist ihre Mutter.
Sie lieben und gedenken stets
ihrer Flüsse,
ihrer Gebirge,
ihrer Täler.
Sie sehnen sich nach
den Lebenden,
die auch einsam sind
und sich nach den Toten sehnen.
Und oft kehren ihre Geister
zurück, um uns
aufzusuchen und zu trösten.

Tag und Nacht können nicht
nebeneinander weilen.
Der rote Mann ist stets
vor dem nahenden weißen Mann
zurückgewichen
wie die wallenden Nebel
am Berghang
vor der glühenden Morgensonne.

Nein,
Tag und Nacht können nicht
nebeneinander weilen.

The red man has always
retreated before
the advancing white man,
as the mist on the mountain slopes
runs before the morning sun.

So your offer
seems fair,
and I think
my people will accept it
and go to the reservation
you offer them.
We will live apart,
and in peace.
For the words
of the Great White Chief
are like the words of nature
speaking to my people
out of the great darkness
– a darkness
that gathers around us
like the night fog moving
inland from a midnight sea.

It matters little
where we pass

Der rote Mann hat sich stets
vor dem vordringenden weißen Mann
zurückgezogen,
wie die Nebel am Berghang
vor der Morgensonne.

Euer Angebot
scheint fair zu sein,
ich glaube,
mein Volk wird es annehmen
und in das von euch angebotene
Reservat gehen.
Wir werden dort für uns
und friedlich leben.
Denn die Worte
des großen weißen Häuptlings
sind wie die Worte der Natur,
gesprochen zu meinem Volk
aus tiefer Dunkelheit –
einer Dunkelheit,
die um uns heraufzieht
wie die Nebel, die von der
mitternächtlichen See kommen.

Es ist nicht so wichtig,
wo wir unsere letzten Tage

the rest of our days.
They are not many.
The Indians' night
will be dark.
No bright star
shines on his horizons.
The wind is sad.
Fate hunts
the red man down.
Wherever he goes, he will hear
the approaching steps
of his destroyer,
and prepare
to die,
like the wounded doe
who hears
the step of the hunter.

A few more moons,
a few more winters,
and none of the children
of the great tribes
that once lived in this wide earth
or that roam now
in small bands in the woods
will be left

verbringen.
Es sind nicht mehr viele.
Die Nacht der Indianer
wird schwarz.
Kein heller Stern wird
in der Ferne leuchten.
Der Wind ist traurig.
Den roten Mann
ereilt das Verhängnis.
Wohin er auch geht, er wird
die sich nähernden Schritte
seines Zerstörers vernehmen
und darauf gefaßt sein
zu sterben wie
die verwundete Hirschkuh,
die die Schritte des Jägers
hört.

Noch wenige Monde,
noch wenige Winter,
und keines der Kinder
der großen Stämme,
die einst in dieser Weite lebten
oder nun in kleinen Scharen
durch die Wälder ziehen,
wird noch leben,

to mourn
the graves of a people
once as powerful and
as hopeful as yours.

But why should I
mourn
the passing of my people?
Tribes are made
of men,
nothing more.
Men come and go,
like the waves of the sea.
A tear,
a prayer to the Great Spirit,
a dirge,
and they are gone
from our longing eyes
forever.
Even the white man,
whose God walked
and talked with him
as friend to friend,
cannot be exempt
from the common destiny.

um an den Gräbern eines Volkes
zu trauern,
das einst so mächtig und
hoffnungsvoll wie eures war.

Doch warum sollte ich
um mein untergehendes Volk
trauern?
Ein Stamm setzt sich
aus einzelnen zusammen,
aus nichts anderem.
Menschen kommen und gehen,
wie die Wellen des Meeres.
Eine Träne,
ein Gebet an den Großen Geist,
ein Klagegesang,
und sie sind für immer
unserem sehnenden Blick
entschwunden.
Sogar der weiße Mann,
dessen Gott unter ihnen wandelte
und mit ihnen sprach
als Freund zu Freunden,
selbst er kann dem Schicksal
aller nicht entrinnen.

We may be brothers after all.
We shall see.

We will consider
your offer.
When we have decided,
we will let you know.
Should we accept,
I here and now make
this condition:
we will never be denied
the right
to visit,
at any time,
the graves of our fathers and friends.

Every part of this earth
is sacred to my people.
Every hillside,
every valley,
every clearing
and wood,
is holy
in the memory and
experience of my people.
Even those unspeaking stones

Vielleicht sind wir doch Brüder.
Wir werden sehen.

Wir werden über euer Angebot
nachdenken.
Wenn wir uns entschieden haben,
werden wir es euch wissen lassen.
Sollten wir es annehmen,
stelle ich hier und jetzt
diese Bedingung:
daß uns nicht das Recht
verwehrt wird,
jederzeit die Gräber
unserer Ahnen und Freunde
zu besuchen.

Jeder Teil dieser Erde ist
meinem Volk heilig.
Jeder Berg,
jedes Tal,
jede Lichtung,
jeder Wald
ist in der Erinnerung
und Erfahrung meines Volkes
heilig.
Selbst die stummen Felsen

along the shore
are loud with the events
and memories
in the life of my people.
The ground beneath your feet
responds more lovingly
to our steps
than yours,
because it is the ashes
of our grandfathers.
Our bare feet
know the kindred touch.
The earth is rich
with the lives of our kin.

The young men,
the mothers, and girls,
the little children
who once lived and were happy here,
still love
these lonely places.
And at evening
the forests are dark
with the presence of the dead.
When the last red man
has vanished from this earth,

der Küste hallen wider
von den Ereignissen
und Erinnerungen
im Leben meines Volkes.
Der Boden unter euren Füßen
antwortet liebevoller
auf unsere Schritte
als auf eure,
denn er ist die Asche
unserer Vorväter.
Unsere bloßen Füße
fühlen die Vertrautheit.
Die Erde ist erfüllt
vom Leben der Unseren.

Die jungen Männer,
die Mütter, die Mädchen,
die kleinen Kinder,
die einst hier glücklich lebten,
sie alle lieben
diese einsamen Orte immer noch.
Abends verdunkeln sich
die Wälder
in der Gegenwart der Toten.
Wenn der letzte rote Mann
von der Erde verschwunden ist

and his memory
is only
a story
among the whites,
these shores will still swarm
with the invisible dead
of my people.
And when your children's children
think they are alone
in the fields, the forests,
the shops,
the highways,
or the quiet of the woods,
they will not be alone.
There is no place in this country
where a man can be alone.
At night when the streets
of your towns and cities
are quiet,
and you think
they are empty,
they will throng
with the returning spirits
that once thronged them,
and still love
those places.

und sich die Weißen
an ihn nur noch erinnern,
wie man sich
an eine Geschichte erinnert,
dann werden diese Gestade noch
von den unsichtbaren Toten
meines Volkes wimmeln.
Und wenn eure Kindeskinder
sich allein glauben
in Forst und Feld,
in den Geschäften,
auf den Straßen
oder der Stille der Wälder,
dann werden sie nicht allein sein.
Es gibt keinen Ort in diesem Land,
wo ein Mensch allein sein kann.
Nachts, wenn die Straßen
eurer Städte und Dörfer
still sind
und ihr glaubt,
sie seien verlassen,
dann drängen sich dort
die wiederkehrenden Geister
derer, die sie einst bevölkerten,
und sie werden diese Orte
immer noch lieben.

The white man
will never be alone.

So let him be just
and deal kindly
with my people.
The dead have power too.

Der weiße Mann
wird nie allein sein.

So möge er gerecht
und freundlich
mit meinem Volk umgehen.
Auch Tote besitzen Macht.

Bibliography

Primary Sources

Arrowsmith, William. 1969. *Speech of Chief Seattle, January 9th, 1855*. Arion 8: 461–464.

Arrowsmith, William. 1975. *Speech of Chief Seattle*. The American Poetry Review. p. 23–26.

Perry, Ted. 1991. Letter to Eli Gifford 25, October.

Perry, Ted. 1970. *Home*. Movie script for television series produced by Southern Baptist's Radio and Television Commission.

Point Elliott Treaty. National Archives, Washington D.C.

Smith, Henry. 1887. *Scraps from a Diary – Chief Seattle – A Gentleman by Instinct – His Native Eloquence*. The Seattle Sunday Star, Oktober 29. p. 10.

Bibliographie

Primärliteratur

Arrowsmith, William: *Speech of Chief Seattle, January 9th, 1855*. Arion 8, 1969: S. 461–464

Arrowsmith, William: *Speech of Chief Seattle*. The American Poetry Review, 1975: S. 23–26

Perry, Ted: Brief an Eli Gifford vom 25. Oktober 1991

Perry, Ted: *Home*. Drehbuch zu einer von der Southern Baptist's Radio and Television Commission produzierten Fernsehserie. 1970

Point Elliott Treaty. National Archives, Washington D.C.

Smith, Henry: *Scraps from a Diary – Chief Seattle – A Gentleman by Instinct – His Native Eloquence*. The Seattle Sunday Star: 29. Oktober 1887, S. 10

The Decidedly Unforked Message of Chief Seattle. 1974. Passages. April.

Secondary Sources

Gifford, Eli. 1992. *The Many Speeches of Chief Seathl: The Manipulation of the Record for Religious, Political, and Environmental Causes.* Occasional papers of Native American Studies I. Sonoma State University, Rohnert Park, California. (This reference contains a more in-depth study of the history surrounding the speech in its various versions than the background on pages 42–52 of this book. The reference also contains several versions of the speech not included in this book.)

Grant, Frederic James. 18??. Reprinted 1981. *History of Seattle.* New York: American Publishing Co.

Kaiser, Rudolf. 1987. *Chief Seattle's Speech(es): American Origins and European Reception,* In Brian Swann and Arnold Krupat, eds., *Recovering the Word,*

The Decidedly Unforked Message of Chief Seattle. Passages, April 1974

Sekundärliteratur

Gifford, Eli: *The Many Speeches of Chief Seathl: The Manipulation of the Record for Religious, Political, and Environmental Causes.* Occasional papers of Native American Studies I. Sonoma State University, Rohnert Park, California, 1992 (Diese Quelle enthält eine Untersuchung der Hintergründe der Rede in ihren verschiedenen Fassungen, die eingehender ist als die auf den Seiten 43–55 dieses Buches vorgelegten Informationen. Ferner sind weitere Fassungen der Rede enthalten, die hier nicht aufgenommen wurden.)

Grant, Frederic James: *History of Seattle.* New York: American Publishing Co., 18??, Nachdruck 1981

Kaiser, Rudolf: *Chief Seattle's Speech(es): American Origins and European Reception.* In: Brian Swann und Arnold Krupat

University of California Press, Berkeley. pp. 497–536.

Krenmayr, Janice. 1975. *"The earth is our mother" Who really said that?,* The Seattle Times Sunday Magazine, January 5. pp. 4–6.

Vanderwerth, W. C. 1971. *Indian Oratory.* Norman: University of Oklahoma Press.

(Hg.): *Recovering the Word.* University of California Press, Berkeley 1987, S. 497–536

Krenmayr, Janice: *"The earth is our mother" Who really said that?* The Seattle Times Sunday Magazine, 5. Januar 1975, S. 4–6

Vanderwerth, W.C.: *Indian Oratory.* Norman: University of Oklahoma Press, 1971

Phillip Wearne

Die Indianer Amerikas

Die Geschichte der Unterdrückung und des Widerstands

Mit einem Vorwort von Rigoberta Menchú
Aus dem Englischen von Elisabeth Müller

40 Millionen Indianer haben die weiße Eroberung des Kontinents überlebt, die mit Ausrottung und jahrhundertelanger Unterdrückung verbunden gewesen ist. Seit nunmehr fünf Jahrhunderten kämpfen die indigenen Völker Amerikas für ihre Rechte, ihr Land, ihre Sprache und Kultur, im Norden wie im Süden des Kontinents.

»Phillip Wearnes gründlich recherchiertes und gut lesbares Buch erzählt die tragische Geschichte des Kolonialismus, die intensiven Bemühungen zur Erhaltung indigener Kulturen angesichts einer aggressiven Assimilierungspolitik und, sehr wichtig, der neuen Bewegung zur Vereinigung indigener Völker in ganz Amerika. Es ist eine ausgezeichnete Einführung in diese bedeutsame politische Entwicklung.
Phillip Wearne schreibt mit Engagement und Sensibilität. Sein Buch kommt zur rechten Zeit, da die Vereinten Nationen zur Internationalen Dekade der Indigenen Völker der Welt aufgerufen haben.« (Julian Berger, Sekretär der Arbeitsgruppe für Indigene Völker der Vereinten Nationen und Autor des »Gaia Atlas of First Peoples«)

»›Die Indianer Amerikas‹ stellt erstmals die Lage aller indigenen Völker Amerikas dar. Dieses überfällige Werk zeigt die kulturelle Vielfalt in Nord-, Zentral- und Südamerika wie auch bedeutende historische Parallelen. Phillip Wearne zeigt, wie wichtig die Landfrage im Kampf der indigenen Völker ist, ein Kampf, der mit Kolumbus' Ankunft begann und bis heute andauert.« (Dee Brown, Autor von »Begrabt mein Herz an der Biegung des Flusses«)

Ein Buch aus dem Lamuv Verlag

Das Indianer-Lexikon

»Mit diesem umfassenden Nachschlagewerk möchten Herausgeber und Autor Ulrich van der Heyden und sein Autorenteam Informationen bieten über Geschichte, Kultur, Religion und über die gegenwärtigen Verhältnisse der Indianer aus Nordamerika. Damit will das Lexikon aufräumen mit den zum Teil klischeehaften und völlig verkehrten Vorstellungen über die indianischen Ureinwohner dieses Kontinents. Mit einbezogen wurden die Eskimos, standen diese doch in vielfältigen Verbindungen und Beziehungen zu den Indianern. So bietet dieses Lexikon eine Fülle von interessanten Informationen. Es eignet sich nicht nur zum Nachschlagen ganz bestimmter Begriffe und Wörter, ob Buffalo Bill, Henrystutzen, Little-Big-Horn-Schlacht oder Skalplocke. Das Indianer-Lexikon kann vielmehr als ›ganz normales‹ Buch benutzt werden zur Unterhaltung und zugleich zur Erweiterung des Hintergrundwissens über ein spannendes und lehrreiches Themengebiet.« (Fränkische Nachrichten)

»Der Band stellt eine wunderbare Ergänzung dar für all jene Fans von Winnetou und Co., die über die spannenden Abenteuergeschichten hinaus mehr erfahren wollen über die indianischen Ureinwohner Nordamerikas. Historische Ereignisse und Orte, bedeutende Indianer-Persönlichkeiten, das Leben im Alltag, die Bewaffnung selbstverständlich, aber auch die Arten des spielerischen Zeitvertreibs begegnen dem Leser einfach beim Blättern und gezielten Nachschlagen.« (Aachener Zeitung)

»In seiner Art einmalig, reich illustriert« (Neues Deutschland)

»Ein reichhaltiges Nachschlagewerk von hohem Niveau« (Geschichte mit Pfiff)

Ein Buch aus dem Lamuv Verlag

Wäscha-kwonnesin

Im Land der Nordwinde

Lamuv Taschenbuch 77

Wäscha-kwonnesin streifte durch das »Land der Nordwinde«, wie die Indianer die Wildnis Kanadas bezeichneten. Er beschreibt die Begegnung von Weißen und Indianern, berichtet von Pelzjägern, erzählt von seiner Freundschaft mit dem »Weisen vom Pelikansee«, der ihm Einblick in vergangene Zeiten gibt. Er spricht von der Verantwortung des Menschen gegenüber der Natur...

Alexander Buschenreiter

Spuren des Großen Geistes

Indianische Weisheit der Gegenwart

Lamuv Taschenbuch 121

Hier kommen Janet McCloud zu Wort, die »Großmutter des indianischen Widerstandes« und Nachfahrin des legendären Häuptlings Seattle, Thomas Banyacay Sr., der Botschafter der traditionellen Hopi seit 1948, Radford Quamahongnewa, der »Schlangenpriester« der Hopi, Oren Lyons, der Sprecher der Irokesen-Konföderation, der traditionelle indianische Ältestenrat, eine Zusammenkunft von Medizinleuten und Weisen nahezu aller indianischen Nationen Nord- und Mittelamerikas, die Onandaga-Clanmütter und viele andere mehr.

Elmar Engel

Blackfoot, Cree, Mohawks...

Zur Geschichte der Indianer im Norden Amerikas

Lamuv Taschenbuch 140

Elmar Engel beschreibt die Geschichte der Blackfoot, Cree, Mohawks und anderer Indianerstämme im Norden Amerikas. Er erzählt, wie französische und englische Siedler mit der Urbevölkerung in Kontakt kamen. Er geht Fragen nach wie: Wie haben sie die Landnahme gerechtfertigt? Wie entwickelten sich aus dem friedlichen Nebeneinander kriegerische Auseinandersetzungen? Welche Behandlung erfuhren die Weißen, die in indianische Gefangenschaft gerieten? ...

Bücher aus dem Lamuv Verlag